魔兔傳說SOS ⑦

逃出惡魔黑洞

利倚恩 著

岑卓華 繪

利倚恩的話

《魔兔傳說 SOS》系列來到最後一冊了，大家看過之前六冊嗎？這個系列，每冊都有不同主題，七個主題的順序是：信任、比較、選擇、真心話、心靈創傷、焦慮和惡意傷害。

在成長中，我們難免遇到各種困難，大大小小的煩惱接踵而來。就算是最親近的人，也未必知道我們的煩惱。有些困難可以自行解決，可是當無能為力的時候，希望同學們會像故事的主角一樣，向信任的大人發出「SOS」求救訊號，主動尋求幫助。

魔法之門其實是求助之門，冒險故事就是成長故事，我們在故事中跟着主角去冒險，也和主角一起學習和改變。

《逃出惡魔黑洞》的主角是第一冊出現過的雪婷，她受到網絡欺凌，害怕得不敢去上學。只是單純地追夢，為什麼會引來惡意攻擊？

成長很難，逃避很容易，但願我們都有面對困難的勇氣。

感謝大家陪魔法兔來到大結局，希望同學們都享受閱讀的樂趣。時間到了，誠意邀請你打開魔法之門，展開最後一場大冒險吧！

人類世界流傳着一個都市傳說——
在成年之前，每人都有一次機會，
來到名叫「**月落之國**」的奇幻國度。
在那裏，有一間「魔兔便利店」，
人類可以在店裏找到解決煩惱的方法。

「叮咚！」店門打開了。
「歡迎光臨！」
誰是今天的幸運顧客？

魔兔便利店成員

不動大師【伊索魔法兔】

店長 年齡不詳，安哥拉兔

魔法能力：高級
可以隨意召喚《伊索寓言》的角色。有智慧，懶惰，不消耗無謂的體力。

芝絲露【食物魔法兔】

廚師 12歲，道奇兔

魔法能力：中級
可以用食物製作魔法藥，動物和人類服用後，會獲得相關能力。好奇心重，愛幻想，時常出現腦內小劇場，最愛吃芝士。

芭妮【氣象魔法兔】

店員 13歲，垂耳兔

魔法能力：中級
可以控制自然現象，隨時呼風喚雨。外表嬌小柔弱，其實身手敏捷，行動力強；不喜歡魔法，如非必要不會使用。

白公子【植物魔法兔】

店員 13歲，海棠兔

魔法能力：中級
可以控制植物的活動和形態。風度翩翩，有王子氣質但自戀；自稱大偵探，但推理能力值是「零」。

月落之國國民

米克【小飛龍，哥哥】

樣子兇惡，心地善良，責任心強，最討厭被人冤枉，生氣時鼻孔會噴氣。

小卡【小飛龍，弟弟】

可愛乖巧，喜歡交朋友，只會「咿咿」叫，不會說話，但聽得懂別人的話。

橡子精靈

鬼火山的守護精靈，喜歡吃糖果，同伴之間用心靈感應溝通。

竹筍精靈

流星山脈的守護精靈，可以把影像投射到別人腦海，還可以吹出瞬間移動的泡泡。

目錄

我被網絡判官殺死了！

雪婷從沒想過一篇貓咪漫畫，竟會引起**大災難**。

中一開學後，雪婷用「冰雪」做筆名，以家裏的小黃貓豆豆做主角，創作四格漫畫「豆豆喵也瘋狂」，每逢星期日上載到社交網站。

雪婷的個人簡介只填寫中學生和女性，沒有公開真名、學校名和照片。她怕尷尬，畫漫畫的事只有好朋友芷冰知道。

「豆豆喵也瘋狂」的追蹤人數越來越多，短短幾個月已經累積到五千人。許多網友留言鼓勵雪婷：好看、有趣、貓貓好可愛、畫功不錯、繼續努力……雪婷不禁幻想，或者有一天，可以成為**職業漫畫家**。

星期一早上，雪婷一步入中學校園，便見到芷冰慌慌張張地跑過來：「**出事啦！**」

「發生什麼事？」

「快看豆豆喵的留言！」

昨天的漫畫是豆豆喵在露台看風景，有小鳥飛到護欄上，牠立刻跳上護欄捉小鳥。小鳥敏捷地飛走，牠裝作若無其事，以優雅的步姿**在護欄上散步**。

由於今天有數學測驗，雪婷上載漫畫後，便關掉電腦和手提電話，專心温習。

雪婷坐在操場的花槽前，用手提電話上網，「豆豆喵也瘋狂」竟然有二百個還沒閱讀的留言。

「這麼多？平時只有二、三十個留言。」

「你要有**心理準備啊！**」芷冰繃着臉説。

豆豆喵…也瘋狂
我要取消追蹤！
危險當有
有點人氣就亂來！
貓網在哪裏？
完全沒常識
貓會墮樓！

雪婷看着留言，臉色大變：「怎會這樣？我家的露台安裝了貓網，但畫出來的話，畫面會很混亂。」雪婷緊張地解釋。

「我當然明白，但網友**不是這麼想**。」芷冰説。

「我一定要**解釋清楚**。」

雪婷在「貓咪捉小鳥」漫畫留言，解釋繪畫的難處，並非漠視貓咪的安全。

不消一秒鐘，網友紛紛留言：解釋就是掩飾、畫功不好就認了吧、毫無悔意、漫畫界的恥辱、刪圖啦、驕傲自大、沒人性、醜女、垃圾……

「演變成人身攻擊，真過分！」芷冰説。

「為什麼沒有人明白我？**怎麼辦？**」雪婷不知如何是好。

上課鐘聲響起，雪婷趕快發文道歉，刪除露台貓漫畫，並且**關閉留言功能**。

到了午飯時間，雪婷和芷冰到學校飯堂吃飯。

「出事啦！」芷冰盯着手提電話，鐵青着臉。

「你不要嚇我。」雪婷心跳加速。

「你看！」

在「貓咪可可愛愛」的網站，有人上載了「貓咪捉小鳥」漫畫和留言的截圖，大量網友**謾罵指責**，甚至有人提出「起底」，揚言要找出冰雪就讀的中學，還要通知校長，逼她退學。

雪婷登入「豆豆喵也瘋狂」的網站，追蹤人數掉到四千人，足足有**一千人退出了**。

「我已經道歉刪圖，我要怎樣做，他們才滿意？」雪婷含着淚水問。

「我幫你留言反擊。」芷冰說。

「不可以！你會被『起底』的，還會引來**更多惡意批評**。」

午休時間的飯堂內，同學們的聲音吵吵嚷嚷，彷彿所有人都一起攻擊責罵，雪婷害怕得全身發抖，垂下頭衝出飯堂。

芷冰不放心，一直跟着她。

雪婷一走入廁所，眼淚便忍不住流下來。芷冰**擁着她**，輕拍她的背，作出無聲的安慰。

「小學被同學冤枉，中學被網友欺凌，為什麼我總是遇到這種事？嗚嗚……」

小學五年級時，同學們誤會雪婷為了贏比賽，故意摔破參賽者的陶瓷作品。當時，同學們孤立她，説她的壞話，謠言滿天飛。

惡毒的言論是一把刀，深深地刺在心上。

兩年過去，場景由課室轉到網絡，謾罵

的人數變多了，批評變得更惡毒了。

歷史一直在重演，只是對象和媒體改變了而已。

第二天，雪婷回到課室後，聽到鄰座的同學說：「那個『冰雪』現在很紅，聽說她是**我們學校的學生**，很想知道她是誰。」

「我早就知道她借貓咪裝好人，看吧，她現在被罵是應該的。」

「她想出名，我們幫她做獨家訪問。」

「你是想把她的影片放上網，賺點擊率吧！」

雪婷打開課本，假裝溫習，就算看不進去，也想找個空間去**逃離**。自問向來堅強敢言，沒想到現在只要一個目光，或一聲呼喚，都令她害怕得心臟幾乎停頓。

芷冰也聽到同學們的對話，心想：是誰

發現冰雪的**真實身份？**我可以怎樣幫雪婷呢？

芷冰反覆閱讀每個留言，發現最先發出聳動言論的人叫**「花鳥風月」**，還在各個網站帶頭攻擊雪婷。「花鳥風月」是誰？難道是同校同學？

這個晚上，「豆豆喵也瘋狂」的追蹤人數掉到三千人，雪婷既難過又沮喪，把網站轉為私人帳户，再把漫畫草圖丟進垃圾桶裏。

星期三清晨，微風吹起窗簾，晨光靜靜地灑在牀上。雪婷用被子遮蓋着頭部，再柔和的陽光，她都**覺得刺眼**。

媽媽打開房門，大聲喊：「再不起牀，就要遲到了！」

「我不舒服，咳咳……咳咳咳……」雪婷以虛弱的聲音回答。

「你有沒有發燒？」媽媽掀起被子，摸雪婷的額頭：「沒有發燒，可能是初期感冒，我打電話給班主任請假。」

「嗯。」雪婷怕被媽媽**識破謊言**，由始至終不敢望向她。

在房門關上前一刻，小黃貓豆豆走入房間，跳到牀上。

雪婷不想上學，**不想見人**，不想擔驚受怕。想着想着，淚水沿着臉頰滑下來。

豆豆鑽入被子裏，靠着雪婷淚濕的臉，發出「呼嚕呼嚕」的聲音。

「你是不是擔心我，想安慰我？我最近很容易哭，**以前都不會這樣**。」

雪婷抱着豆豆，抽抽噎噎地聽着豆豆的「呼嚕呼嚕、呼嚕呼嚕……」

班主任說雪婷請病假，芷冰發了一個短

訊給雪婷後，化身少女偵探，在網上尋找「花鳥風月」的真正身份。

「我一定要把你找出來！」

「花鳥風月」的個人簡介只填寫喜歡拍攝美麗的景色，上載的全是文青風照片。

「咦？我好像在哪裏看過這盆花？」

一張紫色波斯菊照片引起芷冰的注意，她把照片放大、再放大……

☽ ★ ☽ ★ ☽ ★ ☽ ★ ☽

豆豆跳到地上，走到房門前，「喵」了一聲。

「你要上廁所嗎？」

雪婷打開房門，豆豆馬上走出去。她正想關門時，從客廳傳來媽媽講電話的聲音：「嗯嗯，她應該是裝病吧？」

雪婷心頭一震，把耳朵靠近門縫，媽媽繼續說：「媽，我感覺到她不開心，希望她不要做傻事，嗯嗯，嗯嗯嗯，我以前也試過逃學，很多心事**很難對你說呢……**」

媽媽正在和外婆講電話，原來什麼都不說出來，反而**令她更加擔心**。聽到媽媽說「再見」，雪婷連忙關上房門。

「媽媽很擔心我。」雪婷背靠着房門，坐在地上。

放在書桌上的手提電話，亮起收到訊息的提示燈。雪婷打開一看，是芷冰的留言：「放學後，我來找你，想吃雪糕還是雪條？」

雪婷「噗哧」一笑：「她也知道我在裝病。」

隱瞞、說謊、逃避，雪婷**討厭這樣的自己**。她握着手提電話站起來，鼓起勇氣打開房門……

累積了一百年的惡意，終於化身成**極惡魔王**，企圖毀滅月落之國。

魔法兔在幻日沙漠擊敗極惡沙塵暴後，極惡魔王轉移到高原上的**向日鎮**，也就是芝絲露出生和成長的地方。

魔法兔和小飛龍兄弟在竹筍精靈的協助下，被包裹在瞬間移動的泡泡內，來到向日鎮。現在，本來是野生向日葵盛開的季節，期望中的美麗小鎮**卻聞不到花香**。

「怎會這樣？」芝絲露站在草地上，震驚得全身僵硬。

黃昏時分，天空一片橙紅，好像被烈火燃燒着一樣。

放眼望去，高原的植物枯萎，房屋破爛，

寂靜的空氣充滿惡意的味道。

芭妮和白公子站在芝絲露兩旁，握着她的手，手心的溫暖**安撫顫抖的心**。

芝絲露深呼吸，以堅定的聲音說：「我們出發吧！」

魔法兔感應不到生物的氣息，估計是受到邪惡魔法的影響。縱使極惡魔王曾經被打敗，但核心仍然存在，隨時能夠以其他形態再度出現。

芝絲露非常擔心家人的安全，第一時間趕回家。她正想打開門時，聽到屋裏傳出**物件碰撞的聲音**。

芝絲露和同伴交換一個眼色，大家提高警惕，保持安靜。芭妮打手勢叫米克和小卡去後門，魔法兔們分別站在前門兩旁。芝絲露一打開門，三隻竹筍精靈便衝入屋裏發光，如同亮起三盞大光燈。

是人類的女孩！
我不是小偷啊

竹筍精靈關上「大光燈」，夕陽的餘暉在窗邊遊走，雪婷坐在地上，用手臂遮擋強光。

「我的家人在哪裏？」芝絲露緊張地問。

「我不知道，我找過所有房間，**屋裏只有我一個。**」

雪婷本來想去客廳找媽媽，沒想到打開房門後，居然來到芝絲露的家。

「你們是芝士兔、芭妮、白公子、不動大師！咦？橡子精靈怎麼長得好像竹筍？」

「他們是竹筍精靈，你怎會知道我們？」芭妮問。

「是芷冰告訴我的。」

小學五年級時，芷冰曾經去過月落之國的彩虹鎮（註）。回到人類世界後，她向雪婷說出奇幻的冒險旅程，畫出魔法兔的樣子。

註：芷冰在月落之國的故事，請看《魔兔傳說SOS1：消失的風向魚》。

「我記得芷冰，你比她高很多。」芝絲露說。

「過了兩年，我們都長高了，現在讀中學一年級。」

「兩年？不是才幾個月前嗎？」

「雖然人類世界和月落之國相通，但**時間流動速度是不同的**。」不動大師說。

雪婷知道魔法兔幫過芷冰，可是這個世界沒有網絡，不會有網絡欺凌，他們怎樣幫她呢？她暗自決定，不說出自己的難處。

屋裏的家具東倒西歪，花瓶和碗碟碎了一地，彷彿發生過地震似的。

米克和小卡從後門走進來，米克說：「我們在附近巡視過，這一帶**似乎沒有人**。」

「你家有沒有避難用的地下室？」芭妮問。

「沒有，我們向來過着安全和平靜的生

活。」芝絲露回想一下，說：「但是有一天，我和家人到山上野餐，天空突然烏雲密布，有閃電把大石劈開，大石裏面**刻了文字**。」

「寫了什麼？」米克問。

「到了預定的時候，向日鎮會發生**大災難**。」芝絲露說。

「難道大災難就是現在這種情況？」芭妮問。

「為什麼是向日鎮？我們是不是來遲了？我的家人在哪裏？」芝絲露非常焦急。

這時，外面飄來一陣**腐臭味**，大家都用手摀住口鼻。

白公子走到屋外，枯萎的向日葵發出像屍體一樣的惡臭，顯然是被極惡魔王摧毀的。一般植物枯萎後，並不會產生如此難聞的氣味，可惜他的魔法無法令植物起死回生。

「向日葵死得很慘。」雪婷苦着臉說。

「入夜後才發出惡臭，看來**黑夜會加強極惡魔王的法力**。」不動大師說。

白公子帶着悲傷的心情，用左手按着藤蔓胸針，胸針射出一道光。他向着光線伸出手，說：「安詳地睡覺吧，向日葵！」

枯萎的向日葵鑽入泥土裏，臭味消除了一點點，可能要等到天亮才會徹底消散。

大家在屋裏尋找線索，希望知道芝絲露家人和村民的下落。

芭妮在書架找到幾本舊繪本，全部用**遠古的文字書寫**。

「這些是你的故事書嗎？」芭妮問芝絲露。

「我沒有印象。」芝絲露看了幾頁，讀出書裏的文字，終於想起來了：「小時候，媽媽**教過我古文字**，我幾乎忘記了。」

「所以你看得懂彩虹城堡牆上的古文

字喔。」

雪婷發現客廳的牆上有**粉筆塗鴉**，她問芝絲露：「這是你畫的嗎？」

「嗯，小時候，我和哥哥姊姊一起畫的，畫了又擦，擦了又畫。」

芝絲露撫摸牆壁，手指卻沾上了一點點**銀色粉末**，她馬上知道那是什麼。銀色粉末接觸到芝絲露的體温後，在牆上延伸出一條彎彎曲曲的銀線。

「它在寫字。」雪婷說。

大家往後退，看到牆上寫着——**SOS！**

芝絲露的爸爸在「O」字裏現身，說：「芝絲露，是你嗎？剛才發生大地震，有一股強大的力量破壞向日鎮，我們會去瀑布森林避難，你來跟我們會合吧！」

「爸爸用魔法星沙給我留言，我們現在去瀑布森林。」

芭妮望着雪婷，正想開口時，雪婷搶先說：「我要和你們一起，我知道有危險，但**我討厭逃避的自己**。」

雪婷的堅定給大家帶來勇氣，沒有人勸她回家。

不動大師給雪婷一條髮圈，說：「送給你的。」

「謝謝！」雪婷用髮圈綁起馬尾。

大家望向牆上的掛鐘，時間是晚上六時十五分。

「明天的日出時間是六時十五分。」芭妮說。

從沒如此期待過日出，大家臉色凝重，**希望黑夜儘快過去**。

「啵！」竹筍精靈吹出一個大泡泡，包圍着所有人，不用一秒鐘，便來到瀑布森林的吊橋上。

到處一片昏暗，看不到任何人影，只聽到「隆隆」的水聲。瀑布後面沒有洞穴，村民們可以躲在哪裏？

「你們看！」米克指着吊橋下面說。

水上有一個大漩渦，透射出**神秘的綠光……**

第③章 綠光漩渦的秘密

「綠光漩渦是向日鎮的特色景點嗎？」雪婷覺得漩渦很漂亮。

「不是，我沒見過這種漩渦。」芝絲露說。

「看來是**魔法空間**，是你爸爸變出來的嗎？」白公子問。

「我們全家都是中級食物魔法兔，不會用這種高難度魔法，我跳下去看看。」

「等等，可能是極惡魔王的陷阱喔。」

還沒等芭妮說完，芝絲露已經跳了下去，「撲通」一聲，**掉進綠光漩渦裏**。三隻竹筍精靈想也不想，也跟着跳下去。

等了又等，芝絲露都沒有浮出水面，綠光漩渦亦沒有變化。

「芝士兔會不會出事了？」雪婷很擔心。

米克在水面盤旋一個圈後，回到吊橋上說：「這個漩渦很平靜，不會把我吸進去，應該不是邪惡的魔法空間。」

「好，最後的大冒險要開始了。」不動大師說。

大家一個接一個從吊橋跳下去，撲通、撲通……

☽ ★ ☽ ★ ☽ ★ ☽ ★ ☽

綠光漩渦下面並不是水底，而是一片翠綠的草原，羣山環抱，還有一條小河。陽光照耀着草原，才會在水面看到綠光。

還以為一進來便會見到芝絲露和竹筍精靈，他們去了哪裏？

「我感應到芝士兔的氣息喔。」芭妮指着遠處說。

「至少她沒有失蹤，我們去找她吧！」白公子說。

走着走着，河邊出現一塊指示牌，寫着「走這條路沒錯啊！」

「這塊指示牌**很詭異**，可能是陷阱，我們是不是掉頭比較安全？」芭妮說。

「但芝士兔的氣息的確是這個方向。」白公子說。

大家繼續往前走，樹下又有**另一塊指示牌**，寫着「沒問題啊！」

「刻意強調沒問題，就是有問題，這樣反而令人更害怕。」米克說。

「我不想再看到這種指示牌了。」芭妮說。

走到山丘附近，**再有一塊指示牌**，寫着「堅持着，加油！」

「我覺得再走下去，會有人舉着『整人大成功』的牌子跳出來。」雪婷說。

大家再拐一個彎，繞到山丘後面，看見芝絲露揮着手喊：「**我在這裏啊！**」

「你沒事就好了，竹筍精靈呢？」芭妮問。

「他們在洞穴裏，幫忙照顧病人。那些指示牌很有用吧，是我哥哥做的。」

「你哥哥真幽默喔！」

「芝絲露，他們是你的朋友嗎？」滿臉皺紋的魔法兔叔叔走過來。

「你好！你是芝士兔的爸爸？」芭妮問。

「我是哥哥，大地震後**變得很蒼老**。」

「是不是極惡魔王做的？」不動大師問。

「嗯，你們跟我來。」

哥哥帶大家來到洞穴，很多年老瘦弱的村民躺在地上，包括芝絲露的外婆。媽媽正在照顧外婆，姊姊和另一個哥哥在其他城鎮生活。

魔法兔伯伯拄着拐杖，蹣跚地走出來，以低沉的聲音說：「我是芝絲露的爸爸，我們到外面去吧。」

大家在樹下坐下來，芝絲露爸爸說：「昨天下午，**向日葵反常地背向太陽**，還下了一場有酸味的雨。到了晚上，發生強烈的地震，很多房屋都倒塌了，高原的植物陸續枯萎，大家的**身體急速老化**。當時，我們只想到要去有水源的地方，於是決定去瀑布森林。大地震太不尋常，其他城鎮應該也受到影響，我相信芝絲露一定會回來，所以臨走前用**魔法星沙留言**。」

「昨天晚上的話，極惡魔王還在流星山脈，為什麼這裏會出事？」芭妮問。

「極惡魔王的核心在流星山脈，但惡意的力量在各地匯集。現在除了向日鎮之外，恐怕其他城鎮也**陸續出事**。」不動大師說。

「爸爸媽媽不知道怎樣呢？」芭妮愁眉不展。

「各地的魔法兔應該都忙於保護家人和

朋友。」白公子說。

芝絲露爸爸繼續說：「當我們到了瀑布森林後，**有一隻小飛龍出現**，他在水裏變出魔法空間，讓我們避難，我們的身體暫時沒有再退化下去。」

「你說的小飛龍是……」米克心跳加速。

一陣風吹來，一隻**斷了左角**的小飛龍從遠處飛過來，在樹下降落。

「**爸爸！**」米克和小卡紅着眼睛，摟着伯特。

「終於找到你了。」不動大師說。

「爸爸，你去了哪裏？為什麼不回家？」

「我要從**一年前**說起……」

☾ ★ ☾ ★ ☾ ★ ☾ ★ ☾

一年前，月落之國出現**日蝕**，白天變得昏暗。

伯特陪着米克和小卡，在彩虹鎮的鬼火

山上看日蝕。看了一會，伯特的兩隻**翅膀忽然發光**，並且感到有點暈眩。幾秒鐘後，光消失了，空氣中瀰漫着**不尋常的氣味**。

「你們聞到嗎？」伯特問兒子們。

「聞到什麼？」米克問。

「咿咿？」小卡也歪着頭，一臉疑惑。

「我剛才放屁了，哈，哈哈！」

米克和小卡露出搞怪的表情，飛到樹上繼續看日蝕。

伯特記起小時候，爸爸說過一百年一次大災難的事，可是當時年紀小，沒有把爸爸的話放在心上。

這是**「惡意」的氣味**，伯特第一次這麼接近惡意，不禁心裏發寒。他看着樹上的兒子們，暗自許下諾言，絕對不能讓他們受到傷害。

為了弄清楚發生了什麼事情，伯特把兒子們留在鬼火山，獨自出門拜訪爸爸生前的朋友。

伯特去了很多地方，找到住在各地的小飛龍長輩和山中精靈，從而得知極惡魔王的由來。

由於極惡魔王會以**不同形態出現**，魔法兔的法力也有差異，因此沒有絕對的取勝方法。當伯特知道問題比想像中嚴重時，已經離開鬼火山很遠了。

流星山脈的竹筍長老告訴伯特，想要保護自己的兒子，必須先想起怎樣使用魔法。他在竹筍長老的協助下，進行魔法修煉，漸漸**恢復魔法能力**。

「我只可以幫你恢復九成法力，你去幻日沙漠找**莎拉**，她是頂級守護兔，可以提升你的法力。」

伯特起程前往幻日沙漠後，極惡魔王才到達流星山脈。

當伯特的法力提升至頂級後，他感應到全國惡意正在朝着向日鎮集合，於是趕快前往向日鎮，可惜還是遲了一步。

☽ ★ ☽ ★ ☽ ★ ☽ ★ ☽

不久前，不動大師在風車島上，也試過忽然感到暈眩，**耳朵發光**，幾秒後回復正常。他和伯特都有特殊體質，能夠**感應到惡意力量**。

那時候，不動大師初次意識到，伯特的失蹤可能跟惡意力量有關。他本來打算只和小飛龍兄弟去找伯特，沒想到芝絲露、芭妮和白公子也跟着來。

「極惡魔王為什麼不直接殺光所有人？」雪婷問。

「因為極惡魔王的魔力來自**黑暗能**

量，所以要把人陷入痛苦和絕望之中。」伯特說。

「真可惡！」這兩天，雪婷深深體會到痛苦和絕望的滋味，心情很激動。她對魔法兔們說：「我要和你們一起作戰！」

「太危險了，你不如留在這裏照顧大家。」芭妮說。

「你幾歲？」芝絲露爸爸問雪婷。

「十二歲。」

「和芝絲露一樣呢！」

芝絲露爸爸直視雪婷的眼睛，說：「我在你的眼裏，看到堅強和勇氣，你一定克服過不少困難吧？」

雪婷鼻子一酸，紅着眼睛說：「我只是討厭逃避的自己。」

芝絲露爸爸笑了笑，從口袋裏拿出向日葵花冠，輕輕拋向雪婷的頭頂，花瓣在空中飄散，灑下**橙黃色魔法星沙**。

雪婷的身體吸入魔法星沙後，頭頂長出一雙兔耳朵，起居服變成橙黃色戰衣，拖鞋變成靴子。

「**我變成魔法兔了。**」雪婷難以置信。

芝絲露爸爸給雪婷一個甜筒頭飾，說：「這個頭飾和芝絲露的頭飾一樣，我放了**魔法藥丸**和**星沙**，藥丸是吞食，星沙是吸收，還有……」爸爸詳細講解每種藥丸和星沙的法力。

「我一定不會浪費你的心血。」雪婷戴上甜筒頭飾：「變身的魔法可以維持多久？」

「**在我離世之前。**」

「爸爸不會死的，所有人都會好好活着。」芝絲露堅定地說。

「我會盡力維持着這個魔法空間。」伯特說。

「我和小卡留下來幫你。」米克説。

兩隻竹筍精靈主動進入洞穴裏，協助照顧生病的老人家。

突然，草原劇烈地震動，極惡魔王來到附近了。

「啵！」另一隻竹筍精靈吹出一個大泡泡，包圍着魔法兔們。

當泡泡在草原消失後，魔法兔們回到瀑布森林的吊橋上，等待他們的竟然是……

第④章 枯樹怪

五棵枯樹站在瀑布頂部的懸崖上，樹幹上的眼睛和嘴巴**十分猙獰**，正在低頭瞪着魔法兔們。

「我應該把枯樹都埋葬，真是失策！」白公子說。

綠光漩渦就在瀑布下面，枯樹怪可能已經知道村民躲在魔法空間裏。

「我們要**引枯樹怪離開瀑布森林**。」芭妮說。

「雪婷，你跟着我，不要走開。」芝絲露說。

「知道了。」

魔法兔們身手敏捷，轉眼跳到瀑布頂部的懸崖上。

「不會吧？」雪婷當場呆住。

除了五棵枯樹怪，高原上所有枯樹都**張開眼睛和嘴巴**，它們靜止不動，看起來陰森森的。

月亮在雲霧中若隱若現，枯樹的影子不動聲息地產生變化。

五棵枯樹怪衝向魔法兔，**樹枝變成魔爪**，狠狠地往身上刺去。魔法兔迅速跳開，避開魔爪的攻擊。

「高原的植物不是枯萎了，就是奄奄一息，還能召喚什麼植物？」白公子邊跑邊觀察四周。

「現場沒有植物，就找其他幫手吧。」不動大師打開《伊索寓言》，翻到〈狐狸和荊棘〉，念起魔法咒語：「荊棘朋友，出來散散步啦！」他向着書頁吹一口氣，一條條荊棘從書裏鑽出來。

「你找我們有什麼事？」荊棘問。

「請你們做白公子的助手。」

「沒問題。」

白公子左手按着藤蔓胸針，胸針射出一道光。他向着光線伸出手說：「來綁住枯樹怪吧，荊棘！」

五條荊棘分別撲向五棵枯樹怪，捆綁住魔爪和樹幹，使魔爪**無法伸縮自如**。

荊棘的刺插入樹桿，樹桿被刺穿小洞，洞口不斷擴大。

「成功了！」白公子說。

當大家以為枯樹怪即將倒下時，**大量蚊子從洞口飛出來**。

「我討厭蚊子！」芭妮感到全身發癢。

芝絲露打開甜筒頭飾，取出兩顆藥丸，對雪婷說：「我們吃這個吧！」

「噗！噗！」

芝絲露和雪婷吞下魔法藥丸後，變成兩

個**螺旋狀大蚊香**，分別站在左右兩邊，釋放出有香味的煙霧。

蚊子一闖入煙霧中，便一隻接一隻暈倒，**全部掉在地上**。

芝絲露和雪婷變回人形，「啪！」她們為第一次合作成功擊掌。

枯樹怪的影子退到樹下，變出一個個**黑漩渦**。

「枯樹怪的腳變胖了。」雪婷說。

「是樹根變胖了。」白公子更正。

枯樹怪的樹根首先變胖，樹幹接着變得粗大，掙脫了荊棘的捆綁。

「看來那些黑漩渦是力量的來源。」不動大師收回魔法，讓所有荊棘返回《伊索寓言》裏。

五棵枯樹怪一分為二，分身成十棵粗壯的枯樹怪。

「我們的處境十分不妙。」芭妮說。

「誰會分身的魔法？」白公子問。

大家你看看我，我望望你，沒有人懂得分身。

枯樹怪兩棵一組，每組鎖定一隻魔法兔做目標，伸出魔爪全速進攻。

「咻！」魔爪刺中白公子的手臂，劃開一道血痕。

「枯樹怪故意分開我們，不讓我們合作。」芝絲露說。

「雲之上，日之心，請讓我召喚閃電！」芭妮指着天空說。

小雲化身成閃電，劈斷兩棵枯樹怪的魔爪，留下光禿禿的樹幹。正當芭妮想以同樣方法對付其他枯樹怪時，面前的樹幹竟然長出新樹枝，再次變成魔爪。

「無限再生？太狡猾了！」

芭妮的影子退到腳下，變出一個黑漩渦，她卻完全沒有察覺到。

白公子不斷跳躍，避開枯樹怪的攻擊。難道沒有植物，植物魔法免就無所作為嗎？

白公子左思右想，想起在光影鎮的公園，跟自己的影子互相切磋的情景。

「對了，枯樹怪也是植物。」白公子按着藤蔓胸針，伸出手說：「**改邪歸正吧**，枯樹怪！」

正在揮舞的魔爪，在白公子面前停住，雙方的法力勢均力敵，誰會先擊倒對方？

白公子集中精神施魔法，沒留意腳下有一個黑漩渦。

不動大師、芝絲露和雪婷分開作戰，閃避、跳躍、攻擊……他們不知不覺**分散在高原不同位置**。

「哇呀！」芭妮和白公子尖叫。

不動大師、芝絲露和雪婷望過去，看着兩個同伴**被吸入黑漩渦裏**。

「那是什麼？黑洞嗎？」雪婷很震驚。

「我們飛到天上看看。」

芝絲露和雪婷變成小鳥飛上高空，嚇了一跳。

所有枯樹下面都有黑漩渦，而枯樹怪的漩渦則會跟着它們移動。

「店長，小心地面！」芝絲露喊。

不動大師向下望，腳下也有黑漩渦。他馬上跳到大石上，心想：**我完全感覺不到黑漩渦的存在**，它是怎樣形成的？什麼時候出現的？

「芝士兔，你看那邊！」雪婷指着遠處說。

在高原的最高處，一棵千年古樹散發出黑氣流，並且不斷向外擴散。

極惡魔王佔領了整個向日鎮，**魔法免們陷入苦戰**，芭妮和白公子在哪裏？怎樣才能拯救家人和朋友？

第⑤章 黑暗能量

「店長，接住！」芝絲露把一顆魔法藥丸拋給不動大師，他吞下後變成小鳥，飛到天上跟同伴會合。

枯樹下的黑漩渦緩慢地轉動，看起來十分詭異，令人**不寒而慄**。而吸走芭妮和白公子的黑漩渦則合而為一，正在慢慢地縮小。

「黑漩渦下面應該是邪惡的魔法空間，我去救芭妮和白公子。」不動大師說。

「讓我去吧！」芝絲露說。

「我也去！」雪婷說。

「你們在地面對付枯樹怪，阻止它們去瀑布森林，**找出他們的弱點**。」

「知道了，你要小心啊！」芝絲露說。

不動大師高速俯衝，衝進黑漩渦裏。

這個魔法空間**非常陰暗**，到處遍布樹根。不動大師變回人形，高聲喊：「芭妮！白公子！」

「我不想再見到芭妮，你是最沒用的氣象魔法兔！」**小雲很生氣**。

「都是白公子不好，害我掉到陷阱裏，害『兔』精！」**芭妮怒罵**。

「是你反應慢，連累我受難，和你做拍檔真倒楣！」**白公子回擊**。

左邊傳來熟悉的聲音，不動大師循着聲音跑去，看到芭妮、小雲和白公子被很多樹根綁住，動彈不得。

他們有時會意見不合，卻從不口出惡言，不會怨恨或辱罵人。他們的**性格在短時間改變**，相信是受到邪惡魔法的影響。

「你們可以變成兔子嗎？」不動大師問。

「手腳沒有感覺，什麼都變不到。」白

公子説。

「我救你們出去。」

不動大師想扯開樹根，可是一碰到樹根便被電到，樹根還閃出火花。他心想：奇怪了，我會被電到，為什麼他們不會感到刺痛？

走近看清楚，不動大師發現同伴變瘦了。每當他們怨恨或辱罵人，身體便會變瘦一些，樹根也會纏得更緊一些。

「你們不要再吵了，樹根正在吸收你們的黑暗能量。」

「閉嘴！無能長毛兔！你的魔法簡直是垃圾！」芭妮的眼睛布滿紅筋。

「誰害我受苦，我一定會報仇！」白公子咬牙切齒，不斷埋怨。

既然是這個空間改變他們的心智，那就要用魔法把他們喚回來。

不動大師攤開手掌，掌心生出一個光球，他要使用**喚醒幸福記憶的魔法**。

當光球將要碰到同伴時，突然一股強大的力量把不動大師彈開。一眨眼，樹根和同伴都消失得無影無蹤……

☽ ★ ☽ ★ ☽ ★ ☽ ★ ☽

在高原上，變成小鳥的芝絲露和雪婷在空中盤旋。

十棵枯樹怪向天空伸出魔爪，靈活的魔爪隨意伸長或轉彎，「咻！」雪婷的翅膀被割掉兩條羽毛。

「**你還可以飛嗎？**」芝絲露問。

「我沒事，二對十，對我們不利，有沒有辦法減少枯樹怪的數目？」

芝絲露想了想，小聲說出作戰計劃，雪婷邊聽邊點頭。

魔爪再次伸向天空，成功刺中兩隻小

鳥，小鳥隨即消失。

枯樹怪感應不到小鳥的氣息，收回分身的魔法，由十棵變回五棵。

「就是現在。」

芝絲露和雪婷變回人形，從天空跳下來，向枯樹怪擲出**粉紅色星沙**，星沙散開成滿天粉紅，刺痛枯樹怪的眼睛。

原來她們使用障眼法，在空中用魔法星沙隱身，同時**隱藏自己的氣息**，看準時機反擊。

雖然枯樹怪失去了視力，但仍能憑着**空氣的流動**，知道對手的位置。

枯樹怪包圍着芝絲露和雪婷，她們往上跳，魔爪向中央交疊，結成一張巨網後，噴出黏糊糊的樹汁，捉住兩隻魔法兔。

芝絲露和雪婷的背部被樹汁牢牢地黏住，想變成兔子逃走也不能。

「我們好像掉入蜘蛛網，不會有蜘蛛爬上來吧？」雪婷說。

「枯樹怪，你們想怎樣？」芝絲露大聲喊。

樹上沒有蜘蛛，也沒有回應。**樹汁滲入身體裏**，她們感到越來越疲倦。

「樹汁可能有毒。」芝絲露說。

「我想睡覺……」雪婷說。

「**千萬不要睡着啊！**」芝絲露腦筋一動，問：「芷冰說見過我們，但沒有證據，你不會懷疑她是做夢嗎？」

「嗯，有同學不相信芷冰，覺得她為了出名，說謊編故事。謠言止於『信』者，**信任建基於了解對方**。我相信我的好朋友，她不是會說謊的人。」

「『謠言止於信者』是我說的，她還記得啊！」芝絲露很高興。

「重要的說話，我們都會用心記住。」

雪婷的呼吸開始減弱，她沒氣沒力地說：「那一天，我比芷冰早到寵物用品店，但沒有勇氣推門進去。當時，我仍在生芷冰的氣，不想面對她。芷冰和我相反，鼓起勇氣推開門，結果來到月落之國。我有時會想，**如果我不逃避**，打開門，來到這裏的人會不會是我？」

「總之，我們現在相遇了，就是**最適當的時候**。」

「我一直相信，會有一天見到你們。」

只要真心真意待人，沒有一分鐘是白費的。雪婷的話帶來莫大鼓勵，芝絲露環視四周，想到一件事：「為什麼是樹佔領高原？如果是龍捲風或沙塵暴，行動力更強，破壞力更大。」

「**樹有什麼特別意義嗎？**」

「這些枯樹只有樹枝和樹根，也不會跑得特別快。」

看着交疊相連的樹枝，雪婷想起「**火燒連環船**」的故事，低聲說：「只要有一根樹枝着火，其他樹枝也會跟着燒起來。」

「我有火星沙，但我現在拿不到。」

「咔！」這時芝絲露的甜筒頭飾自動打開，一瓶紅色星沙掉在手中。

「為什麼會這樣？」芝絲露很疑惑。

一隻竹筍精靈從甜筒頭飾裏飄出來，露出「**我是好幫手**」的得意笑容。他偷偷躲起來，準備有需要時出手相助。

芝絲露和雪婷開心得想大叫，卻努力克制着興奮的心情，以免打草驚蛇。

芝絲露單手打開瓶蓋，輕輕吹出紅色星沙，星沙沾到樹枝上，立刻燃燒起來。

樹汁在火中滴落，芝絲露和雪婷扭動身體，終於掙脫出來，逃出枯樹怪的魔爪。

可惜，火星沙**只能溶解樹汁**，無法燒毀枯樹怪。這時，枯樹怪下面的黑漩渦快速轉動，好像在召喚它們似的，枯樹怪被吸入漩渦裏後，連同漩渦一起消失。

地面只剩下吸走芭妮和白公子的黑漩渦。

「店長！」芝絲露向着漩渦叫喊，可是沒有任何動靜。

「不動大師會不會出事了？」雪婷很擔心。

竹筍精靈向芝絲露點一下頭，奮不顧身跳入漩渦裏⋯⋯

第⑥章 善與惡的談判

失去芭妮和白公子的蹤影後，不動大師被困在陰暗的魔法空間裏。

「不動大師，我們**終於見面了**。」一把聲音在魔法空間迴盪。

雖然是第一次聽到的聲音，但是不動大師**已經認出了對方**。

「我們不是在流星山脈和幻日沙漠見過面嗎？極惡魔王！」

一個「S」形尾巴的小黑點飄到眼前，小黑點張開眼睛和嘴巴，說：「你很累吧？請坐！」

不動大師面前多了一張椅子和小圓桌，桌上有一杯熱茶。

是嗎？但我不太喜歡説話。
我很欣賞你的冷靜和智慧，遇見你是我的幸運，和你聊天一定獲益良多。

「和我合作吧，我會給你財富、榮譽和地位，你會擁有**至高無上的享受。**」

「是嗎？但**我只喜歡睡覺。**」

「我們將會是最好的拍檔，一起令世界變得更美好吧！」

不動大師冷笑一下，說：「說得真好聽，你**披着羊皮**靠近我，其實是**殘暴的狼**，我沒興趣和『小蝌蚪』做拍檔。」

「你贏不了我，和我合作是唯一的生路。」極惡魔王加重語氣說。

「但你也無法得到我，要不然你早就用樹根捉走我。」

不動大師之所以被樹根電到，不是靜電，而是**排斥**。除非不動大師自願投降，否則**極惡魔王無法對付他。**

世界毀滅了，你也無法生存下去。

小黑點和桌椅消失於漆黑之中，一陣強風吹過來，**不動大師蹲下來**，免得被強風吹走。

當強風止住了，不動大師**看到自己的過去……**

長久以來，魔法兔只會一種魔法，不同種類的魔法兔結婚後，子女也只會遺傳父親或母親的魔法。不動大師是少數同時**遺傳了父母的魔法**，而他的父母也同樣懂得兩種魔法。

不動大師最先學會的魔法是將隨身小物件，變成緊急救生用品。他的**四種魔法**，可以獨立使用，也可以同時施法。

起初，不動大師的魔法無法控制自如，經常在不適當的時候，喚醒別人的**傷痛或幸福記憶**，令對方更加痛苦；有些《伊索寓言》的角色太壞了，叫他們出來後，指示不清晰，**結果造成混亂**。

不動大師感到很困擾，他不想傷害朋友，寧願孤單一人。後來，壞脾氣的貓大王出現，同樣孤單的兩人**出奇地合得來**，他們經常鬥嘴，卻也互相關心。

魔法兔的種類來自於本身的法力，不動大師喜歡讀《伊索寓言》，自稱「伊索魔法兔」。他**隱藏其他法力**，藉以拉近魔法兔之間的距離。

然而，長期壓抑住自己的力量，真的拉近了距離嗎？

「大懶兔不在太好了，誰會叫自己做大師？真自大！」貓大王在街上和朋友聊天。

「店長在不在也沒關係，反正他只會睡懶覺。」芭妮在魔兔店說。

「高級魔法兔很了不起嗎？我說以他做榜樣，他就信以為真，蠢透了！」白公子說。

「只有頂級魔法兔才會變出魔法廚房，不動大師不信任我們，我也沒必要尊重他。」芝絲露說。

同伴和朋友都在抱怨，原來忍耐和努力都是沒意義的，不動大師無力地跪在地上，很難過、很痛心。

有聲音在不動大師的耳邊說：「沒有人需要你，你的存在一點價值也沒有，來結束一切吧！」

四周湧出黑氣流，環繞着不動大師，企圖進入他的身體裏。

這時，遠處出現一點光，向着不動大師飄過來。光，越來越近，越近越亮……

「竹筍精靈？」

竹筍精靈和不動大師頭碰頭，驅散所有黑氣流。

「謝謝你！」不動大師清醒過來。

竹筍精靈帶不動大師去出口，出口卻開始縮小……

☽ ★ ☽ ★ ☽ ★ ☽ ★ ☽

地面的黑漩渦越縮越小，出口快要關上了。

「沒時間了，他們為什麼還不出來？」雪婷急得直跳腳。

「我們不如跳下去救他們。」芝絲露也動搖了。

就在黑漩渦消失前一刻，不動大師和竹筍精靈跳出來，回到高原上。

「你們沒事就好了！」雪婷放心了。

「芭妮和白公子呢？」芝絲露問。

「他們被樹根擄走，我救不到他們。」不動大師說。

突然，地底強烈地震動，地面起起伏伏，並且爆出裂縫。

「你們看那邊！」雪婷指着高處的千年古樹說。

千年古樹的黑氣流濃密了，從裂開的地面，看到樹根正在向外擴散。

「你先躲起來。」芝絲露打開甜筒頭飾，讓竹筍精靈躲進去。

魔法兔們跑到高原的最高處，千年古樹張開眼睛和嘴巴，說：「生物擁有智慧，智慧生出惡意，惡意根深柢固，**最終自取**

滅亡。」

「你是極惡魔王？」芝絲露有點膽怯。

「你也**有份造就現在的我**，對我不會感到陌生吧！」

「芭妮和白公子在哪裏？」雪婷問。

「在你腳下。」

魔法兔們往下望，**草地變成透明**，地底的樹根綁着許多魔法兔和山中精靈。芭妮和白公子**變得更瘦削**，山中精靈也變成半透明。

「橡子精靈！」芝絲露激動地喊。

魔法兔和山中精靈都閉上眼睛，好像昏迷了似的，完全沒有反應。

「你到底想怎樣？」雪婷問。

「當然是**吸收魔法能量**，先毀滅肉體，再殺掉靈魂。」

「真可惡！」芝絲露和雪婷同時跳起，

向千年古樹擲出火星沙。

圍繞千年古樹的黑氣流變成手掌，輕易抓住火星沙，魔法傳送到樹幹後，化成黑色灰燼。

「不會吧？**我們的魔法被吸走了！**」雪婷難以置信。

對付極惡魔王要用魔法，魔法卻會被對方吸走，化為自己的能量。

怎麼做才好？難道沒有其他方法嗎？

「芝士兔！」雪婷失聲驚叫。

芝絲露望過去，雪婷的兔耳朵忽隱忽現，**快要消失了……**

在綠光漩渦下面，空氣中飄來刺鼻的味道，村民們紛紛摀住鼻子。

大片**陰影覆蓋草原**，大家抬頭望，天空竟然一分為二，一半藍天，一半烏雲密布。

伯特的角一閃一閃，全身無力，跪在地上，**看起來很辛苦**。

曾經在高原撤退的黑漩渦，吸收到更大的黑暗能量後，重新在瀑布森林出現。黑漩渦逼近綠光漩渦，想要**吞併整個魔法空間**。

「爸爸，發生什麼事？」米克問。

「極惡魔王的勢力逐漸擴大，這個魔法空間變得不穩定了。」

「我來幫你，你教我施魔法。」

「我教你施魔法的時候，我也要施魔法，一旦法力分散，大家都有危險。」

「咿咿！」事態緊急，小卡飛入山洞，叫竹筍精靈出來幫忙。

兩隻竹筍精靈了解當下狀況後，立即飛到藍天和烏雲的分界線，他們全身發光，兩點光連成一條直線，把烏雲推走。

不過，黑暗能量太強大了，竹筍精靈使出全力，也不斷被烏雲推回去，大地越來越昏暗。

芝絲露爸爸拄着拐杖，拿着一瓶魔法星沙，走到米克身邊說：「帶我飛到烏雲那裏，這瓶星沙可以削弱邪惡能量。」

「讓我去吧！」芝絲露哥哥取過小瓶子，坐在米克的背上。

米克載着哥哥飛入烏雲裏，過一會兒，雲層的縫隙透出光線，烏雲全部散開，像一顆顆棉花球。

「成功了！」爸爸說。

正在慶幸逃過大難時，天上的灰色「棉花球」陸續掉下來，在半空變成**一隻隻蝙蝠**，衝向地面的村民……

☽ ★ ☽ ★ ☽ ★ ☽ ★ ☽

雪婷的耳朵變成半透明，跳躍能力也降低了。

「伯特的魔法空間受到極惡魔王的攻擊。」不動大師說。

「爸爸可能出事了。」芝絲露有不祥的預感。

「沒時間了，我們要**速戰速決**。」雪婷不想成為負擔。

不動大師拿出莎拉姨姨給他的**魔法棒**，在地上變出一個寶箱。

「店長，你要玩尋寶遊戲嗎？」芝絲露問。

「誰知道呢？」

千年古樹射出**三張黑氣流網**，想要捕捉魔法兔們。

不動大師揮一揮魔法棒，寶箱自動打開蓋子，吸入所有黑氣流網，然後合上蓋子。

「真厲害！」雪婷說。

在幻日沙漠，芝絲露闖入極惡沙塵暴的中心，投擲魔法星沙，成功擊倒對方。

千年古樹用黑氣流吸收魔法，只要能夠避開黑氣流，**向樹幹投擲星沙**，就有機會取勝。

現在黑氣流減少了，芝絲露和雪婷向前衝，在樹幹前面跳起來，揮起手擲出魔法星沙……

「咚！咚！」黑氣流變成一隻大手掌，擋在樹幹前面，**把芝絲露和雪婷彈出去**，兩瓶星沙掉在地上。

黑氣流迅速增多，證明樹根已經**擴散到很遠**，加速吸收各地的黑暗能量。

千年古樹為了凝聚黑氣流，改用魔爪反擊。它的魔爪比枯樹怪更多，速度更快，好像長了眼睛似的。

「為什麼只追着我？」魔爪察覺到雪婷的法力減弱了，**對她窮追不捨**。

芝絲露把橙色星沙擲到地上，地面的碎石全部彈上半空，阻擋魔爪的進攻。她和雪婷趕快躲在大石後面，把氣息隱藏起來。

怎樣才能避開黑氣流，走近樹幹呢？

不動大師以另一塊大石做掩護，向芝絲露和雪婷打手勢、做暗號。她們不敢亂動，用眼神表示明白。

當星沙的法力消失，所有碎石落在地面後，大石後**露出白衣的一角**。芝絲露趴下來，大石卻沒有完全遮住背部，白衣在黑夜中格外顯眼。

魔爪像一把利劍，刺中芝絲露的背部，提起來一看，**竟然是一塊羊皮**。

「咩咩咩……」一隻狼和很多羊從大石後跑出來，擾亂魔爪的視覺和感應。

原來，不動大師暗中使用伊索魔法，叫**〈披着羊皮的狼〉**的狼和羊羣出來，還借了狼的羊皮。

不動大師趁機打開寶箱，吸走黑氣流，削弱千年古樹的防禦力。

芝絲露和雪婷左右夾攻，跳到樹幹前面，同時擲出魔法星沙。

星沙散落，樹幹擺動，露出痛苦的表情。幾秒鐘後……

玩夠了，小兔子！

「怎會這樣？」芝絲露不敢相信。

千年古樹絲毫無損，並沒有爆破開來。

「咻！」魔爪從後捉住芝絲露和雪婷。

黑氣流重新聚集，千年古樹的臉孔變得更加兇惡可怕。

☽ ★ ☽ ★ ☽ ★ ☽ ★ ☽

烏雲變成蝙蝠，飛到翠綠的草原上，村民們**爭相走避**。

「好痛！」有些村民走避不及，被蝙蝠咬到。他們**立即性情大變**，眼神變得兇狠。

「你撞到我了，想打架嗎？」

「是你故意擋着我，找死啊！」

「我要報仇！」

「打我啊！笨蛋！」

那些被蝙蝠咬到的村民，不但瘋狂罵人，還出手掌摑、拉扯頭髮。

「**蝙蝠由邪惡魔法變出來**，會令人

產生惡意。」伯特說。

惡意是黑暗能量的最大來源，瀑布森林的黑漩渦吸收到黑暗能量後，佔據了三分一綠光漩渦。這樣下去，伯特的魔法空間遲早會被徹底吞併。

「你們不要再打架了！」米克喊。

「咿咿，咿咿。」小卡想勸架，卻被對方推倒在地上。

伯特站在山丘下，集中精神施魔法，努力維持完整的魔法空間。米克飛到村民頭上，阻止蝙蝠飛下來咬人。

蝙蝠於是轉移目標，羣起襲擊伯特和米克。「骨碌骨碌……」三個村民站在山丘上，不斷把大石推下來。

米克張開翅膀保護村民，一塊大石在伯特頭頂上滾下來，突然……

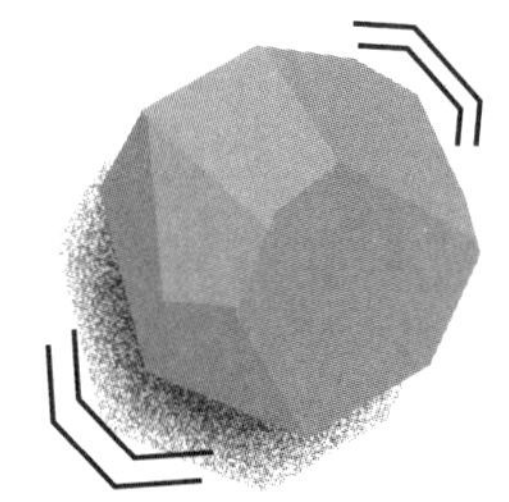

大石滾落的聲音止住了，大家抬頭望，大石和蝙蝠竟然停在半空。

小卡挺起翅膀，頭髮發出金光。

「**你會說話了！**」米克很感動。

小卡的成長比其他小飛龍慢，很遲才學會飛行和覓食，他聽得懂別人的話，自己卻只會「咿咿」叫。

誰也沒想到在危急關頭，小卡不但開口說話，**還會施魔法**。

「小卡，你是怎樣施魔法的？」米克問。

「我不知道。」

「這是在緊急時，**體內爆發的力量吧！**」伯特感到很欣慰。

現在，蝙蝠無法咬人，但被咬到的村民，並沒有回復正常。這個避難所還能支持多久？

魔爪從後捉住芝絲露和雪婷後，把她們帶到樹幹兩旁。

不動大師收回伊索魔法，他搖了搖手指，雪婷的髮圈鬆開，正在變做救生繩時，卻被魔爪割斷了。

不動大師的策略失敗了，四個同伴先後被捉走，感到**既難過又後悔**：「我應該自己對付極惡魔王。」

「你不和我合作，我就要她們灰飛煙滅。黑暗能量要多少有多少，她們在不在也沒關係。」極惡魔王說。

「店長，我們沒事，**你不要顧慮我們**。」芝絲露喊。

「極惡魔王不會守諾言，你要堅持信念啊！」雪婷喊。

「你們太吵了！」魔爪捏得更緊了，她們

感到全身都很痛。

「是我太大意，害了大家。」不動大師握緊拳頭說。

「店長，我到魔兔店面試時，你要我過三關，你還記得嗎？」芝絲露吃力地說。

「過三關？」

「第一關：在危險關頭不會丟下同伴；第二關：承認自己能力不足；第三關：勇於面對困難。」

「你的記性不錯嘛。」

「當然啦！我現在把這些話還給你。」

芝絲露的入職條件全部和魔法無關，最重要的**從來不是魔法有多強大**。

「我們很可靠的喔。」芭妮說。

「店長，**你不是一個人**。」白公子說。

芭妮和白公子的聲音在不動大師耳邊響起，從地底傳上來的嗎？還是聽錯了？

起初，不動大師打算獨自去找伯特，結果大家一起出發。同伴都相信他、體諒他，不會強迫他說出成長的秘密。

回望過去，不動大師和同伴一起去冒險，解決過不少難題。他見證着同伴的成長，差點忘了**自己也在成長**。

長成大人的模樣後，總覺得要兼負起所有責任，提醒年輕人信任和合作很重要，自己卻不知不覺成為旁觀者。

一張張熟悉的臉孔掠過腦海：貓大王、魔兔店成員、彩虹鎮的居民、小飛龍、山中精靈……不動大師感到眼眶灼熱，淚水在眼底翻滾。

「是啊，**我從來不是一個人！**」

「給我那個。」芝絲露想再次用火星沙脫險，叫甜筒頭飾裏的竹筍精靈出來。

竹筍精靈悄悄打開雪糕球，一飄出來，

便被魔爪捉住。

「啪！啪！」魔爪捏碎芝絲露和雪婷的甜筒頭飾。

「不動大師，投降吧！」極惡魔王的黑氣流遮蔽大地，月亮不見了，山脈消失了，月落之國將要徹底陷入黑暗之中。

「你不要死。」出發前的夜晚，貓大王認真地叮囑。

「這個時候，我為什麼**會想起臭臭貓？**」不動大師搖頭失笑。

為什麼被樹根綁住的魔法兔和山中精靈，至今仍然活着？因為極惡魔王看似強大，其實**有一個致命的弱點**。

不動大師在心裏說：竹筍精靈，你聽到嗎？

被魔爪捉住的竹筍精靈微微閃了一下，他會心靈感應，聽到不動大師的呼喚：我想到擊倒極惡魔王的方法，請你幫幫我……

第⑧章 最後一擊

「小飛龍是蝙蝠的同黨，合謀害死我們！」

「我們要離開這裏，打他！打他！」

村民們**遷怒於小飛龍**，有人動手打米克，有人出腳踢伯特，也有人拿石頭丟小卡。

伯特站在原地，集中精神維持魔法空間，**任由村民們拳打腳踢**。

「不要再打了！」米克不斷躲開，沒有還手。

小卡受到攻擊，魔法變得不穩定，停留在半空的大石和蝙蝠微微振動。

「你們本來不是這樣的，快點清醒吧！」芝絲露哥哥說。

沒有被蝙蝠咬到的村民，合力保護小

飛龍。

草原一片混亂，洞穴裏忽然傳出溫暖的歌聲：

清晨唱唱歌　麻雀不會為明天憂慮
夜晚唱唱歌　知更鳥不會生氣到日落
每天聲連聲　唱走煩悶與憂愁
大家心連心　唱出讚美和希望

這首童謠沒有歌名，在向日鎮家喻户曉，每個村民都聽過、唱過。

那些躺在洞穴的生病老人家，逐一加入合唱，將歌聲**傳送到每個人的心裏**。

聽着聽着，村民們的眼神由兇狠變做柔和，一一清醒過來。

「這首歌是不是有魔法？」米克問。

「不是，可能是**歌聲令內心平靜**

下來。」芝絲露爸爸說。

這時，兩個小東西從洞穴裏出來，飄到大家面前……

☽ ★ ☽ ★ ☽ ★ ☽ ★ ☽

千年古樹的樹根由向日鎮延伸出去，樹根所去的城鎮接連發生地震，植物陸續枯萎，居民變得兇狠。

無論是村民或大自然，都受到極惡魔王的影響。居民們先產生惡意，再被樹根吸取黑暗能量。他們越殘暴，身體越虛弱，**直至倒地不起**。

千年古樹的黑氣流覆蓋整個向日鎮，天上地下一片黑暗。

「看到吧！這是你們**根深柢固的惡意**，是你們造就現在的我。」極惡魔王說。

「只要我們還有一口氣，就能選擇善良或邪惡，不要看輕我們的意志！」芝絲露說。

「意志？哈哈哈！你張開眼睛看清楚，世界落入黑暗之中，正是**人性墮落的結果**，少數人的善良，改變不了多數人的醜惡。」

「但是，**當所有人都選擇善良**，我們就不是少數。」雪婷說。

「這一天永遠不會降臨。」魔爪纏得更緊了，芝絲露和雪婷的身體痛得不得了。「是你們拼命保護的人害你們受苦，你們的努力**徒勞無功**，來咒罵吧！來怨恨吧！」

這時天空吹起溫和的風，千千萬萬的光點從四面八方飄過來，在向日鎮上空聚集，照亮了漆黑的夜空。

「這是什麼？」極惡魔王問。

「這是你口中的少數人，少數人的人性光輝。」

不動大師知道單靠自己的力量，絕對無

法戰勝極惡魔王，於是向山中精靈求助。

「請喚醒大家的**幸福記憶**！」不動大師在心裏呼喚千年古樹上的竹筍精靈。

竹筍精靈運用心靈感應，通知地底下的山中精靈。精靈們被樹根吸取了很多法力，但虛弱的身體仍然**竭盡全力**，把訊息傳送到山裏去。

月落之國的山中精靈接收到訊息後，紛紛離開居住的山林，趕快前往鄰近的城鎮。

各個城鎮都受到不同程度的破壞，魔法兔和清醒的居民**合力保護家人和朋友**。山中精靈和兇狠的居民頭碰頭，居民的心湧出一陣暖意，相繼停止謾罵和打鬥。

幸福不是生活無風無浪，而是遇到困難時，**互相扶持和幫助**。

綠光漩渦下面也是一樣，兩隻竹筍精靈接收到訊息後，喚醒村民們的幸福記憶，不再攻擊小飛龍父子。

被樹根捉住的魔法兔和山中精靈，之所以仍然活着，全因在他們內心深處，埋下了**善良的種子**，不想屈服於邪惡。

當大家靜聽內心的聲音，想起從前的幸福記憶時，**有一點光**從心臟的位置釋放出來。

「好多星星，好漂亮啊！」芝絲露仰望着夜空說。

「怎會越來越多？不可能的！」極惡魔王說。

「看來少數人**變成多數人了**，受傷會痛，沒有人天生想害人。」不動大師說。

「不會的，我是你們創造出來的，我是不會錯的。」

「是的，我們都會犯錯，有時還會傷害人，但是知錯能改永遠不會太遲！」

不動大師把魔法棒插在地上，說：「樹根**吸收不到養分**，就必然腐爛，無法開花結果。」他用雙手按住魔法棒：「我要把你連根拔起！」

天上的「星光」像下雨一樣灑落，魔法棒吸收光的能量後，光線在地面放射式擴散開去，並且**滲入地底裏**。

當千年古樹的樹根接觸到善良的光，隨即燃燒起來。樹根鬆綁，不動大師**把光線變做救生繩**，綁住魔法兔和山中精靈，從地底的魔法空間拉出來。

傳說在很久很久以前，月落之國曾經發生大旱災，動物沒有足夠的水和食物，生活十分艱苦。哭聲和哀求聲傳到天上，月神的兒子心疼地上的動物，將全身的血液和水分化作淚水，淚水化作星星，星星化作雨水，灑落在大地上，開出一朵朵星雨花。最

後，月神的兒子流盡所有淚水，犧牲了自己的生命。

現在，月落之國的國民同心合力，釋放出**心裏善良的光芒**，匯集在極惡魔王的上空，下了一場星星雨。

「嘩！」極惡魔王發出慘叫聲。

樹上的魔爪鬆開，竹筍精靈、芝絲露和雪婷跳到地上。

整棵千年古樹**被光之火燃燒**，樹的形態逐漸消失，最後只剩下一個有「S」形尾巴的小黑點。

「在我們仍然活着的日子，可以留給下一代的，是**以善良的方式過生活**。讓善良一代傳一代，盼望有一天，惡意會徹底消失。」不動大師說。

「惡意永遠不會消失……」

極惡魔王留下最後一句話，小黑點在

光中爆破，化成黑色粉末後，在光中**灰飛煙滅**。

「滴答、滴答、滴答……」

魔法兔們抬起頭，雨水打在臉上、落在身上。

「下雨了。」芝絲露輕聲說。

「好累啊！」雪婷感到前所未有的疲累。

經歷過重重破壞後，世界還會和以前一樣嗎？

第⑨章 活着就有希望

早上六時十五分，太陽緩緩升起，迎來新的一天。

月落之後是日出，日出象徵光明和希望。

受到邪惡魔法影響的村民，統統回復本來模樣，雪婷也由魔法兔變回人類。

雨停了，天空出現一道彩虹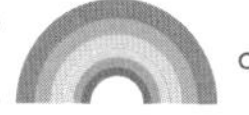。

芝絲露放眼望去，死去的植物，倒塌的房屋，都沒有恢復過來，不禁眼眶泛淚。

三隻橡子精靈跳到芝絲露的手上，安慰她、鼓勵她。

媽媽摟着芝絲露的肩膀，温柔地說：「我們還活着，活着就有希望。」

芝絲露擦一下眼睛，「嗯」地點頭。

雨水滋潤大地，萬物得以生長，相信在不久的將來，高原會重新長出幼苗。

雪婷拆開手提電話的保護殼，取出一張**摺疊起來的紙條**，交給芝絲露說：「這是芷冰寫的信，她叫我如果來到月落之國，就一定要把信交給你們。」

大家圍在一起，安靜地聽芝絲露讀信——

芝士兔、芭妮、白公子、不動大師、米克、小卡、橡子精靈：

你們好嗎？我是芷冰，你們還記得我嗎？

我和雪婷和好了，也找到打破陶藝作品的同學，她不是故意的，解釋清楚便沒事了。

遇見你們真的很開心，你們陪着我，給我勇氣，教我學會信任的重要。

我會永遠記得你們，你們也不要忘記我呀！

永遠的好朋友

芷冰

「好感動！」芭妮眼眶紅紅的。

「一直以來，我們都想知道你們回去後，問題有沒有解決，生活過得怎麼樣。第一次**收到信**，真的太開心了！」芝絲露笑着說。

「芷冰說本來想帶一塊兔子膠布給我，可惜找來找去都找不到。」

「人類帶不走月落之國的東西，但我相信**記憶和感情會留在你們心裏**。」

「芷冰把你們的事告訴我，還寫下和你

們相遇的經過。她平時最怕中文作文，竟然**寫滿一本日記簿**。她不想忘記你們，我也是一樣。」

「我也沒有忘記過，每一張臉孔，每一次冒險，我都記得清清楚楚。」

人類的孩子帶着煩惱來到月落之國，回去時都**綻放出笑容**。魔法兔透過和人類相處，也有所成長。

或許，兩個世界之所以會相連，就是要彼此溝通和學習。

☽ ★ ☽ ★ ☽ ★ ☽ ★ ☽

小飛龍父子送各地的山中精靈回家，芝絲露和橡子精靈暫時留在向日鎮，重建家園。雪婷想更加了解月落之國，跟着魔法兔去彩虹鎮。

竹筍精靈用瞬間移動的泡泡，送魔法兔們到幻日沙漠，向**莎拉姨姨**報平安，歸還魔法棒。然後，竹筍精靈再用泡泡送他們到流星山脈的山腳。他們取回魔兔便利車後，白公子負責開車，向着彩虹鎮進發。

途經光影鎮，魔法兔們遇見出奇魔術團，**安娜和影子們**保護了所有居民，沒有人再叫他們做惡魔影子了。

魔兔便利車還去了芭妮和白公子的故鄉，他們的家人只是受了輕傷，看到家人平平安安，大家都放心了。

一天晚上，魔法兔們在湖邊露營，雪婷坐在露營椅上，**在手提電話畫速寫**。

「車上有筆記簿，你要不要？」芭妮問。

「不用了，我帶不走筆記簿，希望手提電話的畫不會消失。」

月亮倒映在平靜的湖面上，彷彿看到兩個世界，看似相同卻並不一樣。

「無論在哪個世界，抵抗惡意的傷害，**都是一場戰鬥呢！**」雪婷有所感觸。

「我不會傷害人，但有時會生氣發脾氣，也會在心裏罵人，這算不算惡意？」芭妮問不動大師。

「每個人都有情緒，怎樣發泄負面情緒，有沒有帶着惡意，只有當事人知道。」

「我最近被人在網上**惡意攻擊**，害怕得不敢去上學。我不想被人討厭，結果連自己都討厭自己。」

「所以你才會說**討厭逃避的自己**。」芭妮說。

雪婷點點頭，繼續說：「為什麼要傷害人呢？看到別人受傷，自己會開心嗎？」

「可能就是自己不開心，才會傷害別人。」白公子說。

「也有可能在他需要幫助時，**沒有人**

伸出援手。」芭妮說。

「一旦心裏出現惡意，我們可以做的就是阻止它變大，惡意沒有養分自然會消失。」白公子說。

「一百年後，世界會變成怎樣呢？」雪婷若有所思。

面對惡意，善良可能是最正確的解答。

我們未必做到最好，但向着正確的方向努力，不斷勇於嘗試，就能帶着盼望生存下去。

大地震時，彩虹鎮遠離震央，只感到輕微搖晃，極惡樹根來到近郊便被消滅了。

中午時分，在貓大王便利店門前，貓大王指揮店員：「果醬餅乾再疊高一些，海報要貼在正中央，試吃品準備好了嗎？」

「你只會指指點點，想做黑心老闆嗎？

臭臭貓！」

貓大王聽到身後熟悉的聲音，整張臉亮了起來，轉身後卻收起笑容說：「我是積極進取，才不像你遊手好閒，大懶兔！」

「我懂得平衡工作和生活，不會被工作綁架兔生。」不動大師說。

不動大師和貓大王牽起嘴角，重逢的感動都在笑容裏。

「貓大王，我可以到店裏參觀嗎？」雪婷問。

看到雪婷穿着貓爪拖鞋，貓大王笑開懷：「喜歡貓的都是好孩子，我請你吃招牌甜品貓肉球泡芙。」

「好啊，謝謝！」

雪婷覺得彩虹鎮很有親切感，明明是初次到訪，卻像舊地重遊。她在彩虹鎮畫了很多張速寫，用心記住聽到的、看到的人和事。

夕陽緩緩地向下沉，整個城鎮淋浴在橘黃色餘光中。

奇幻的旅程來到尾聲，雪婷在魔兔便利店裏，向魔法兔們道別。她決定回到人類世界，勇敢面對網絡欺凌。

「到處看似沒有門，門其實無處不在。只要你伸出手，就會有出口。」不動大師説。

雪婷按着魔兔店的店門，説出和芷冰一樣的話：「打開吧，回家的門！」接着，門

「咔」地一聲打開。

雪婷回望魔法兔們，不敢再說一句話，她知道只要一開聲，**便會淚流不止**。

她眼裏含着淚水，笑着揮揮手，帶着滿滿的記憶和感受，踏出勇敢的一步。

第⑩章 終止傷害

雪婷回到家裏的房間，陽光在地上散步，讓小小的空間暖和起來。

手提電話響起提示聲，是芷冰的留言：「我知道是**誰最先攻擊你**，我會在午飯時間面對面問清楚。」

「大偵探芷冰真可靠，我也要做我應該做的事。」

媽媽正在客廳掃地，雪婷走出房間，對媽媽說：「最近發生了一些事，**你可以聽我說嗎？**」

媽媽放下掃把，帶着微笑點頭：「你說吧。」

「由中一開始，我用網名『冰雪』畫漫畫。最近發表的漫畫，我不小心犯錯，被大量網民批評，有人惡意攻擊，甚至想將我『起底』。昨天，我聽到有同學說冰雪就在我們學校，**我當時很害怕**，怕被人認出，怕被人責罵。我裝病不上學，對不起！」

「我可以看看那些留言嗎？」

雪婷把手提電話交給媽媽，看着一則又一則惡意留言，媽媽心痛得不得了，她紅着眼睛說：「真過分！怎能做出這樣的事？你為什麼不早點告訴我？」

「我不想你擔心。」

「無論你多少歲，**媽媽都會擔心你**。我也沒遇過這種事情，我們一起想辦法好不好？還是，我們找老師商量，啊，不可以，你的身份會曝光……」

媽媽不是說「不要看留言」，也不是說「不要理會那些人」，而是願意和女兒**一起想辦法**。媽媽理解雪婷的難處，尊重她的想法，讓她感到很安心，心裏充滿勇氣和力量。

「媽媽，謝謝你！芷冰好像有解決方法，我想在今天中午和她會合。如果仍然解決不了，再找你幫忙，我不會再對你説謊。」

媽媽溫柔地擁抱着雪婷，在她耳邊説：「我在家裏等你，**一定要回來啊！**」

雪婷聽得出媽媽話裏的意思，堅定地説：「我沒想過做傻事，一次也沒有。」

☽ ★ ☽ ★ ☽ ★ ☽ ★ ☽

午飯時間，芷冰站在校門前，看到雪婷從馬路對面走過來，笑着向她揮手。

芷冰拉着雪婷到校園裏無人的角落，給她看手提電話的照片，低聲説：「你看，是不是**很眼熟？**」

這是「花鳥風月」拍攝的紫色波斯菊照片，學校地下的花槽也有種植。

「**學校也有這種花**，但花盆不同，

位置也不一樣。」雪婷說。

芷冰放大照片，指着花盆後面說：「你看這裏。」

照片用了「淺景深」的效果，前面的波斯菊很清晰，背景有點模糊。芷冰把照片放大後，隱約看到背景是一幢正在施工的大廈，天台上還有一個天秤。

「這不是學校附近的大廈嗎？」雪婷說。

「答對了！」芷冰繼續說：「我拿着照片走遍整個校園，終於發現這是在三樓平台拍攝的。學校工友會不定時更換花槽的盆栽，其他盆栽就放在三樓平台，通常只有**園藝學會的成員**才會進去。」

「然後呢？」雪婷很心急。

「小息時，我去過三樓平台，看到一個短髮女同學用專業相機拍盆栽。當她離開平台後，我跟蹤她，看到她走入3B班課室。

中二升中三是原班直升，我去圖書館找去年校刊，在2B班的班級合照找到她，她叫文琦。『花鳥風月』熱愛攝影和大自然，學校沒有攝影學會，於是她**加入園藝學會**。」

雪婷拍拍手，非常佩服芷冰的偵查和推理能力。

芷冰給雪婷看**校刊的照片**，問：「她應該認識你，你認識她嗎？」

雪婷搖着頭說：「我沒見過她。」

「還有，我在3B班課室門口，聽到文琦對同學說，中午吃飯後會再去平台。」

雪婷和芷冰遙望三樓平台，心情不禁緊張起來。

☽ ★ ☽ ★ ☽ ★ ☽ ★ ☽

在三樓平台上，一個短髮女同學蹲下來，用專業相機拍玫瑰花。

「花鳥風月。」

短髮女同學即時定格，盯着玫瑰花一動也不動。

「你是3B班的文琦，網名叫『花鳥風月』。」芷冰説。

「什麼網名？我不知道你説什麼？」文琦站起來，看到芷冰和雪婷，**驚訝得瞪大眼睛**。

「看來不用自我介紹，你都知道她是誰吧？」芷冰説。

「我不認識你們。」文琦想離開平台，芷冰卻擋住她，她不耐煩地問：「你想怎樣？」

「走得那麼急，**做了虧心事嗎？**」芷冰舉起手提電話的紫色波斯菊照片，説：「照片是在這裏拍的，你的相機裏應該有存檔吧？是你最先在網上攻擊『冰雪』，並且到處『點火頭』。」

「我做錯了什麼，令你這麼討厭我？」

雪婷語氣平靜地問。

「真麻煩！」文琦**無法繼續裝傻**，不客氣地說：「是啊，我討厭你，非常非常非常討厭你！」

文琦自小熱愛攝影，夢想成為攝影師。中一時，她在網上開設專頁「花鳥風月」，上載自己拍攝的照片，得到**不少網友支持**，也有電子雜誌訪問她，算是小有名氣。

隨着類似的攝影專頁越來越多，「花鳥風月」**近年人氣下滑**，專頁的追蹤人數沒有再上升，令她十分苦惱。

有一天，文琦在三樓平台聽到樓下傳來歡呼聲：「嘩！五千人啦，恭喜你啊！」

文琦走到圍欄前，看到雪婷和芷冰高興地擊掌，手提電話放在長椅上。她拍下手提電話的螢幕，放大後看到「豆豆喵也瘋狂」的專頁，追蹤人數是五千人。

文琦很妒忌雪婷，**莫名地生氣**，她在心裏想：你憑什麼過得比我好？

於是，文琦開始追蹤雪婷的專頁，終於被她找到機會攻擊雪婷，還故意向同學洩露雪婷的身份。

「是啊，我看你不順眼，你會畫漫畫很了不起嗎？只有五千人追蹤就這麼開心，你**憑什麼**得到大家的喜愛？」

文琦情緒激動，把自身遭遇的不如意，統統怪罪於雪婷。

「你的專頁有一萬人追蹤，人氣比我高得多。」

「那是以前的追蹤人數，現在根本沒什麼人看，新貼文的按讚數也很少。你隨便畫畫，就得到大家的稱讚。我很認真拍照，為什麼沒有人欣賞？你問我你做錯了什麼？你的存在就是錯，你為什麼不去死啊？」

「你真過分！你……」

雪婷拉着芷冰，用眼神叫她不要說下去。

「我死了，你的粉絲會變多嗎？我死了，你就會夢想成真嗎？我死了，你會開心嗎？」

「當然開心呀！」

「到時，你只會找另一個人來**發泄不滿**的情緒，你不改變自己的心態，永遠不會開心。」

「你憑什麼教訓我？」

「不要隨便叫人去死，**人死了，什麼也改變不了**。」

雪婷走向文琦，她下意識往後退，一直退到圍欄前。文琦以為雪婷想打自己，用手臂擋着臉，沒想到……

「噢！」芷冰叫了一聲。

雪婷伸出雙手，給文琦一個溫柔的擁抱。事出突然，文琦完全反應不過來。

過了一會，雪婷放開手，望着文琦的眼睛，誠懇地說：「你不必跟我做朋友，也不必喜歡我，**只要不傷害我就好了**。」

每次留言攻擊雪婷，只會帶來即時的快感，文琦其實**從沒真正開心過**。

「我只是想得到別人的認同……」

淚水一滴接一滴流下來，文琦內心的傷口被挖開了，跪在地上失聲痛哭。

終章
幸福的約定

便利店店員在當值時偷吃軟雪糕、上班族為了爭奪巴士座位展開罵戰、小學老師在接受訪問時失言……網絡判官每天都有公審，「貓咪捉小鳥」漫畫**漸漸被人遺忘**。

一星期後，網上再沒有人提及「冰雪」，曾經失控發酵，置人於死地的攻擊消失了，平靜得好像沒事發生過似的。

星期日，雪婷和芷冰逛寵物用品店，買了貓零食給豆豆後，再到甜品店吃泡芙。

「噢，下雨了。」芷冰望着窗外說。

「還好早一步進來。」雪婷說。

驟雨突如其來，行人紛紛跑到簷篷下避雨。

「你打算幾時更新豆豆喵？」芷冰問。

「下個月，我已經畫了草圖，但我想畫得更好些。」

「豆豆喵是**真貓真事改編**，畫下來就不會忘記。我已經不太記得幼稚園的同學，再過幾年，我會不會忘記魔法兔呢？」

雪婷在餐巾紙上畫下芝絲露的樣子，邊畫邊說：「**我也不想忘記魔法兔**。」

兩個女孩盯着餐巾紙上的芝絲露，同時閃過一個念頭：「我們不如……」

雪婷把「豆豆喵也瘋狂」的專頁由私人轉為公開，寫文章分享遇到魔法兔的點點滴滴，並附上手繪芝絲露照片，最後加上「**#魔法兔**」的標籤。

芷冰也在自己的社交網站分享魔法兔的事情，貼文最後同樣加上「**#魔法兔**」的標籤。

過了一會，有網友留言：「去年暑假，

我見到魔法兔兄弟，叫凱雲和森姆。我們在雪山探險，救了遇難的冰鳥。爸媽說我只是做夢，不相信我說的話。」

「原來還會遇到**其他魔法兔**。」芷冰說。

「大人總是否定孩子，好好聽我們說話很難嗎？」

雪婷按一下「**#魔法兔**」的標籤，貼文由兩則增加至十則，她們仔細地閱讀每一則貼文。

「貓小軒」(註)說：「我見過魔法兔和貓大王，我又內向又自卑，貓大王一直鼓勵我。有一次發成績表，爸爸又嫌我的成績不及哥哥好，我**鼓起勇氣**對爸爸說：『我不

註：貓小軒、橡皮糖、科學之子、堅強的蓓蕾和兔神粉絲的故事，請看《魔兔傳說 SOS》2-6 冊。

是哥哥，我已經很努力了，請你不要拿我們做比較。』爸爸嚇了一跳，向我道歉了。」

「橡皮糖」說：「我以前很怕做選擇，害怕承擔不好的後果，遇到魔法兔後，我現在**會自己做選擇了**。那時候，我一直留在彩虹鎮的地底，地面是怎樣的呢？我很想念芭妮啊！」

「科學之子」說：「我以前常常看別人臉色，不敢說出真心話。全靠白公子的提醒，我現在會**說出內心的想法了**。雖然家庭環境沒有改變，但是我們一家都比以前開心。」

「堅強的蓓蕾」說：「我在流星山脈拍了很多照片和影片，可惜回來後全部消失了。所有魔法兔都是療傷魔法兔，**我重新跳芭蕾舞啦！**有沒有人知道，米克和小卡找到爸爸嗎？」

「兔神粉絲」說：「我去了沙漠啊！好可怕啊！嚇死我了！我常常擔心太多，和魔法兔去冒險後，**我擔心的事情好像變少了**，希望魔法兔可以平安回家。」

看到大家真情流露的分享，雪婷和芷冰都很感動，心頭暖暖的。

雪婷打開手提電話的繪圖軟件，她在月落之國畫的**速寫並沒有消失**。

在資訊氾濫的時代，新事物輕易掩蓋舊記憶，人的腦袋變得不可靠。唯有文字和影像，可以**留住記憶**。

在這一刻，雪婷下定決心：「我要把大家和魔法兔的經歷畫成漫畫。」

「好啊！給你十萬個讚！」芷冰雀躍地說：「漫畫叫什麼名字？」

「魔法兔……都市傳說……」雪婷偏着頭思考，芝絲露家裏的牆壁掠過眼底，說：

「魔兔傳說SOS！」

「贊成！」

「成長很難，逃避很容易，但願我們都有面對困難的勇氣。」

「我很想把大家的分享傳送到月落之國啊！」芷冰搖着手提電話說。

雨停了，烏雲散開了，避雨的行人繼續他們的行程。

雪婷和芷冰走到街上，向着天空舉高手提電話，笑着說：「傳送到月落之國吧！」

話音剛落，天空出現一道彩虹，彷彿要將人類世界的訊息傳送到遙遠的國度。

☽ ★ ☽ ★ ☽ ★ ☽ ★ ☽

月落之國的彩虹鎮天朗氣清，星雨花盛開，花香處處。

「彩虹呀！」白公子在魔兔便利店門前喊。

「什麼？什麼？」芝絲露衝出魔兔店，橡子精靈也出來湊熱鬧。

「沒有下雨，為什麼會有彩虹？」芭妮從外面回來。

「其他地方可能下過雨，只是我們看不到。」不動大師坐在門前的椅子上，懶洋洋地說。

芝絲露走到路中心，把手掌放在嘴邊，對着彩虹大喊：「謝謝！」

「你做什麼？」白公子問。

「彩虹象徵幸福，不下雨也來探望我們，當然要感激啦！」

「但願每個看到彩虹的孩子都會幸福。」芭妮由衷祝福。

不動大師吸了吸鼻子，說：「我聞到番

茄味，芝士兔做了什麼？」

「番茄？我只想到血淋淋的畫面。」芭妮說。

「嘻嘻，我做了很可愛的流血不止手指批，快來試吃。」芝絲露推着芭妮走到店裏。

「店長，你也要開工了。」白公子拉起不動大師。

人類世界流傳着一個都市傳說：

在成年之前，每人都有一次機會，來到名叫「月落之國」的奇幻國度。

在這裏，有一間「魔兔便利店」，人類可以在店裏找到解決煩惱的方法。

「叮咚！」店門打開了。

「歡迎光臨！」芭妮和白公子喊。

一個穿着校服的男孩走進來，一臉吃驚地問：「兔子會說話？」

我們是魔法兔✌，
你叫什麼名字？

狐狸和荊棘

有一隻狐狸在森林散步，遇上凶惡的獵犬，獵犬拼命地追着狐狸，狐狸邊跑邊喊：「救命啊！」跑着跑着，狐狸看到路邊有一叢荊棘，馬上躲進去。

荊棘是有刺的灌木，獵犬看到便掉頭離開。終於脫險了，狐狸鬆了一口氣，一不小心踩到一根刺。

狐狸生氣地說：「可惡的荊棘，好痛啊！我躲進來是要找你幫忙，你現在不但不幫我，反而刺痛我。」

荊棘不高興地說：「你為什麼對我發脾氣？我才要生氣呢！你明知我有刺，還要躲進來。我現在保護了你，你反過來怪我有刺？自己不小心，卻要埋怨別人，早知就不理你了。」

狐狸知道自己不對，默默地舔傷口，不敢再抱怨了。

披着羊皮的狼

「咩咩！」一羣羊正在吃草，沒留意到有一隻狼在附近守候。牧羊人一直看守着羊羣，狼等了很多天，都沒機會吃羊。

有一天，狼在地上撿到一塊羊皮，他靈機一動，把羊皮披在身上。狡猾的狼扮成羊，偷偷潛入羊羣裏，成功騙過牧羊人，沒有被發現。

狼心想：「等到天黑，我就可以吃大餐了。」

到了晚上，狼正想抓羊來吃時，牧羊人竟然進入羊欄，他誤以為披着羊皮的狼是真羊，抓走他並煮來吃。

狼處心積慮做壞事，結果反而害了自己。

魔兔傳説 SOS ⑦ 逃出惡魔黑洞

作者：利倚恩
繪者：岑卓華
主編：譚麗施
美術設計：梁穎嘉、符津龍
特約編輯：莊櫻妮

總經理兼出版總監：劉志恒
行銷企劃：王朗耀、葉美如
出版：明報教育出版有限公司
香港柴灣嘉業街 18 號明報工業中心 A 座 15 樓
電話：(852) 2515 5600　傳真：(852) 2595 1115
電郵：cs@mpep.com.hk
網址：http://www.mpep.com.hk
印刷：創藝印刷有限公司
香港柴灣利眾街 42 號長匯工業大廈 9 樓
初版一刷：2024 年 7 月
定價：港幣 68 元｜新台幣 305 元
國際書號：ISBN 978-988-8796-22-9